SIEGFRIED LENZ
Der Ostertisch

Mit Illustrationen von
Jacky Gleich

Hoffmann und Campe

Alec Puch, ein schöner gesunder Vater, hatte seine Brut auf einem Schleppkahn untergebracht, den ihm sein Onkel, ein riesiger Mensch namens Manoah, vererbt hatte. Die Brut: damit sind gemeint die drei zarten Söhne des Alec Puch, welche, wie er sich auszudrücken beliebte, redlich erworben waren. Ob redlich oder nicht – die drei zarten Menschen, Wunder an Anmut und Abrichtung, stammten alle von verschiedenen Müttern, ein Umstand, den man nur dadurch erklären kann, daß Alec Puch einst Gehilfe war bei einem wandernden Scherenschleifer. Und da er, aus verschiedenen Gründen, Kinder liebte, hatte er sie zu sich geholt. Allerdings, bitte sehr, ehrte er das Andenken der Mütter, indem er seine Söhne nach den Ortschaften rief, in denen sie die masurische Welt erblickt hatten. Diese Ortschaften hießen: Sybba, Schissomir und Quaken.

Seit geraumer Zeit also, wie gesagt, lebten die drei Knaben mit Alec Puch, ihrem schönen, gesunden Vater, auf dem Schleppkahn. Dieser Kahn sah aus – na, wie wird er ausgesehen haben: wie ein schwarzer Holzschuh voll Flöhe, so sah er aus. Hier wimmelte es, da bewegte sich was, hier roch es, da gab es piepsenden Laut: überall Interessantes, überall Neuigkeit und Abenteuer. Man aß angenehm, man badete gelegentlich, man schlief unter dem milden Glucksen der Flußwellen bis in den späten Vormittag – das Paradies war niemals näher.

Eines Tages, gleich wird gesagt wann, erhob sich, während noch Nebel auf der Wiese lagen, ein nie gehörtes Gebrüll auf dem Vorschiff. Der da brüllte: es war Alec Puch höchstpersönlich. Er brüllte, fast wie im Schmerz, die Namen der zarten Knaben, und da sein Gebrüll den Trompeten von Jericho in nichts nachstand, flog die Brut aus den ererbten Hängematten und rannte augenreibend an Deck. Die Söhne stellten sich, in der Reihe der Ortschaften, die ihr Vater durchlaufen hatte, auf dem Achterschiff auf, fröstelten leicht und warteten auf den, der ihnen den Schlaf gestohlen hatte.

Und plötzlich erschien er, ein schönes, gesundes Gesicht, rosige Backen, schwarze Haare, ein annehmbares Herrchen sozusagen, wenngleich dieses Herrchen etwas zur Schau trug, das seine Söhne tief erschreckte. Alec Puch nämlich trug eine so ungeheure Leidensmiene zur Schau, als hätte man ihm gleich sämtliche Zehen abgeklemmt. Na, er stellte sich hin vor die fröstelnden Knaben, ein Blick voll düsterer Liebe lief die Reihe entlang, und plötzlich, was geschah dann? Alec Puch weinte. Weinte einmal kurz, aber ausgiebig, sah dann die Söhne mit versonnener Zärtlichkeit an und sprach folgendermaßen:

»Der Tag«, sprach er, »meine Söhne, ist nahe. Wehe, wenn ihr noch nichts habt gehört vom Lamm: Ostern. Wer von euch noch nichts gehört hat vom Lamm, ich werd' ihn prügeln, bis er weiß das und sogar noch mehr. Aber das Lamm, ihr Lachudders: klein, ganz ganz klein, und sauber. Und ausgeschlafen. Und gaaanz weiß. Ehrenwort. Und sagt nichts, das kleine, weiße, liebliche Lamm. Eine Schneeflocke, verstanden! Das ist das Lamm. Ostern: wehe, wer nicht kennt das Lamm. Kleines, gewaschenes, fröhliches Lamm. Anders als ihr.«

Alec Puch, der rosige Vater, konnte nicht weitersprechen, denn, wie man schon gespürt haben wird, erstickten Tränen die weitere Rede, und er trat, in haltloser Rührung, an die Reling, weinte hingebungsvoll und ließ die zarten Knaben frieren.

Doch unvermutet – die Knaben waren nicht darauf gefaßt und aßen, was sie in ihren Taschen gefunden hatten – schoß er herum, lachte, ging mit ausgebreiteten Armen auf seine Lachudders zu, küßte sie intensiv, und nachdem er sich etwas Eßbares von ihnen geliehen hatte, sprach er so:
»Wir haben, Cholera, lange genug ohne gesellschaftlichen Verkehr gelebt. Das ist, was soll ich viel sagen, nicht gut. Und darum werden wir, Söhne, morgen das geben, was man einen Ostertisch zu nennen pflegt. Vielleicht gleich vor dem Schiffchen. So ein Ostertisch: wer ihn mitgemacht hat einmal – vergessen kann er ihn nie. Man braucht Fische und Schinken, und, wie sich's gehört, einige Fläschchen zum Trinken. Nur, wenn ich bitten darf, nicht zu knapp.«
»Den Tisch«, sagte die Ortschaft Quaken, »den Tisch, bitte sehr, haben wir schon.«
»Und wir haben«, fügte die Ortschaft Sybba hinzu, »auch die Bänke. Hier liegen, dreht euch nur um, Bretter genug.«
»Damit«, sprach Alec Puch, »kommen wir zu dem Unwichtigen: worunter ihr zu verstehen habt Fische, Schinken, und, wenn ich bitten darf, nicht zu knapp zu trinken.«
»Es wird«, sagte die Ortschaft Schissomir, schon im Stimmbruch, »alles beschafft werden zur Freude. Unser Ostertisch wird fröhlich sein und lieblich wie das Lamm. – Habe ich richtig gesprochen?«
»Richtig«, sagten die Brüder und nickten.

Sodann küßte Alec Puch seine Söhne, und sie begaben sich, getrennt voneinander, in das Dorf hinüber, wo, wie gemeinhin vor Ostern, einer der bewegten und erstaunlichen masurischen Märkte stattfand. Und hier, worauf man vielleicht gespannt sein mag, geschah folgendes zum Nutzen des beschlossenen Ostertisches: Alec Puch, ein, wie gesagt, rosiges, annehmbares Herrchen, spazierte ein wenig auf und ab, trat, leidlich interessiert, an einen Fischstand heran, rümpfte die Nase, beklopfte die Fische – na, spielte so nach Herzenslust den hochmütigen Käufer. Die Fischfrau, eilfertig, ziemlich bedripst obendrein, plierte dazu, sagte auch gelegentlich was, aber das Herrchen ließ sich nicht beschabbern. Und während das Herrchen, äußerst kritisch, die Fische drückte, beklopfte, beroch, in manche sogar hineinhorchte, wer kam da an? Gut, sagen wir mal, es war die Ortschaft Quaken, die da ankam. Tat natürlich so, als ob das Herrchen nie dagewesen wäre, einfach unbekannt war man sich. Und während so die Fischfrau das unentschlossene Herrchen anplierte, griff Quaken, gewissermaßen die Entschlossenheit höchstpersönlich, ohne zu riechen und zu klopfen, in den Kasten, schnappte sich die beiden Jonasse – womit gemeint sind die größten – und verschwand.

Rannte natürlich den Markt entlang, schrie in einem fort »Platz da«, »Zur Seite«, »Aufgepaßt« – und da er unter wilden Schreien die schleimigen Schwänze der Jonasse mal hierhin wirbelte, mal dahin, wagte keiner, in seiner Nähe zu bleiben, man stob quasi auseinander.

Stob, ja, derweil das annehmbare Herrchen, immer noch
bei der Fischfrau, sich bemüßigt fühlte, so zu sprechen:
»Mir scheint, Madamchen«, sprach er, »als schulde Ihnen
der letzte Käufer noch Geld. Ich werde jetzt, Ehrenwort, dem
Burschen nachsetzen, kann sein, daß ich ihn gleich erwische,
kann sein auch ein bißchen später. In jedem Fall, Madamchen,
nur Mut, werde ich ihn einholen. Ich finde ihn wieder.«
Die Fischfrau sagte darauf: »Schnell, Herrchen, schnell. Er hat
die größten.«
»Das ist«, sagte Alec Puch, »um so besser«, und er wandte sich
um und verfolgte die diebische Ortschaft Quaken.

So traf man sich also am Schleppkahn, verwahrte die Fische, träumte einen spärlichen Augenblick lang vom bevorstehenden Ostertisch – man sah ihn schon köstlich gebogen – und zog wieder los. Wieder: das war notwendig zur Erfüllung des zweiten Wunsches, wonach auf einem Ostertisch prangen, oder sollen wir sagen: blühen muß ein hinreichend kolossaler Schinken, frisch angeschnitten nach Möglichkeit.

Die – wenn es erlaubt ist zu sagen – Blume allen Fleisches war lange entdeckt, blühte gleichsam schwitzend in einem Rauchfang, nur ein bißchen hoch ohne Leiter, und war Eigentum eines finsteren Menschen namens Bondzio. Dieser Bondzio, je nun, er war höflich, hatte ein Einsehen, dieser finstere Einzelgänger, und verließ sein Haus, als der Schinken vonnöten war, um das Kunstwerk des Ostertisches zu vollenden.

Auf den Plan trat diesmal die Ortschaft Sybba, ein Jüngelchen von anmutiger Magerkeit, oder, wenn man will: ein Bindfaden mit Beinen. Die Leiter war zur Hand, sie stand schon an Bondzios Haus, und hoch auf dem Sims, in gnädiger Dunkelheit, turnte der Bindfaden herum, ging glatt durch den Rauchfang wie unsereins durch die Tür, lupfte die Schinkenblume vom Haken, pflückte sie auf seine Art und schleppte sie keuchend nach oben.

Doch kaum war er oben, wer kam heranspaziert? Das Unglück selbst, noch dazu uniformiert. Das Unglück hieß Schneppat, lachte blöd und wichtig und war von Beruf Gendarm. Na, steckte seine gebrochene Nase auch prompt in diese Angelegenheit und begann ungefähr so: »Was geht hier, Alec Puch, vor sich?«

Alec Puch – wer wird es ihm nicht nachfühlen – zitterte; zitterte so lange, bis er sich ausgezittert hatte, und dann sprach er folgendermaßen: »Es ist, hol's der Teufel, doch Ostern. Das Lamm, sauber, lieblich, kleine, gaaanz kleine Schneeflocke. Und weiß! Wir wollten, ach Gottchen, von wegen Ostern dem Bondzio einen Schinken bringen. Er hat abgeschlossen, du meine Güte, und nun, um uns zu helfen, wollten wir ihm eine Freude machen und den Schinken hineinwerfen in das Haus. Gerade durch den Kamin.«

»Das ist«, sagte Schneppat nach langer Gedankenarbeit, »verboten. Es könnte, Alec Puch, leicht sein, daß unter dem Kamin Zerbrechliches steht, Eier vielleicht oder so. Ihr solltet den Schinken, aber wirklich, wieder 'runterbringen, und es einmal, sagen wir, später versuchen.«

»Wir waren, Max Schneppat, noch nie aufsässig«, sagte Alec. »Das Gesetz geht uns, nun, es geht uns, wollen wir mal sagen: es geht uns einfach über alles.« Und damit flötete er dem Bindfaden auf dem Dachfirst, fing den Schinken auf, den Bindfaden hinterher; man wünschte sich friedlichen Ostertisch und empfahl sich.

Somit fehlten, wie man errechnet hat, auf dem Ostertisch nur noch ein paar Fläschchen, die zu besorgen die Ortschaft Schissomir ausersehen war – aus folgendem Grund: dieses melancholische, stimmbrüchige Bürschchen hatte eine höchst seltene Begabung, die nämlich, zu jeder Zeit, wo immer es stand, ohnmächtig zu werden. Verkniff sich einfach nur ein Weilchen die Luft, lief grün an, das Bürschchen, zauberte sich eine tragische Blässe ins Gesicht und kippte mit verdrehten Augen um. So.

Und diesmal erlaubte es sich umzukippen vor der Kneipe eines Menschen namens Ludwig Karnickel, was zur Folge hatte, daß sich alsbald ein Menschenauflauf bildete. Ludwig Karnickel hüpfte aus seinem Kneipchen heraus, machte Männchen sozusagen, um das Unglück auch mitzubekommen, und stellte auf solche Art, und nicht zu knapp, die Fläschchen für den Ostertisch. Denn während er das Unglück begutachtete, begutachtete der schöne Alec nebst zwei Söhnen seine Regale: wonach der Ostertisch komplett war.

So saß man, mit friedlichen Aussichten, an Bord des Schleppkahns und dachte an das liebliche Lamm, als Alec Puch ein Gebrüll vernehmen ließ, wie es zu Anfang beschrieben wurde. Die Brut flog aufs Achterschiff, bildete eine zitternde Reihe, während Alec, den schönen Kopf gesenkt, herausstürzte und rief: »Es ist«, rief er, »alles Dreck. Der ganze Ostertisch, sag' ich euch, Schmutz. Denn wir haben vergessen das Wichtigste. Und was wird, bitte schön, das Wichtigste sein? Die Gäste natürlich! Wir haben vergessen die Gäste. Wo wollt ihr, könnt ihr das sagen, zu dieser Stunde Gäste besorgen? Stehlen?«

»Es ist«, sagte die Ortschaft Quaken, »nie zu spät für alles, was sein soll. – Hab' ich richtig gesprochen?«

»Richtig«, bestätigten seine Brüder und nickten.

Dann verließ man in eiligem Schwarm das Schiffchen, schwärmte hierhin und dorthin – Fragen, Bedauern, Kopfschütteln, mit einem Wort: es war ein Kreuz mit den Gästen, denn wie zu erwarten stand, hatten sich schon fast alle verpflichtet. Nur drei – niemand wird sich unterstehen, dies Osterwunder anzuzweifeln – drei Gäste, mithin, waren noch frei.

Es handelte sich: um die Fischfrau, um den finsteren Menschen Bondzio und den bereits bekannten Ludwig Karnickel. Man bat sie – sie kamen. Kamen schon am frühen Morgen zum Flüßchen herab, wo der Schleppkahn vertäut lag, inspizierten die Umgebung, man wechselte Höflichkeiten, und schließlich wurde der Ostertisch gedeckt.

Und dann wurde gegessen und getrunken
bis in den späten Abend, man plauderte
angenehm über das liebliche Lamm,
vertrieb sich die Zeit mit Komplimenten
und versicherte sich gegenseitiger
Sympathie.
Bis – ja, bis der Schinken einmal so lag, daß
Bondzio die Kerbe erkennen konnte, die er
hineingeschnitten hatte. Da begann der
Spektakel, an dem sich, wie es bei solchen
Geschichten üblich ist, bald auch die
Fischfrau beteiligte, die ihre glotzäugigen
Jonasse wiedererkannt hatte, und natürlich
auch Ludwig Karnickel.

Man rannte über die Wiesen, verfolgte einander, schwang Knüppel und drohte, bis unversehens Alec Puch einen Schrei ausstieß, einen Schrei, welcher folgendes wiedergab: »Das Lamm!« Und wirklich, was kam da am Flüßchen entlangspaziert? Ein Lamm, klein und weiß wie eine Schneeflocke.

Die Gesellschaft stürzte hinzu, vergessen waren Streit und Drohung, man rupfte zarteste Blättchen für das Tier, streichelte es, na, man brachte sich fast um.

»Es ist«, sagte der schöne Alec, »das reine Wunder. Ehrenwort.« Die Gäste sahen sich gezwungen, ihm beizupflichten, man schüttelte sich die Hände, umarmte einander, die Luft war erfüllt von Flötenton und Jubelklang, und als man auseinanderging, sprach der finstere Mensch Bondzio: »Es war«, sprach er, »Gevatterchen, insgesamt ein ansprechender Ostertisch. Vor allem, unter uns gesagt, weil jeder auf seinen persönlichen Geschmack angesprochen wurde. Das ist, wie man zugeben wird, nicht leicht.«

Siegfried Lenz, 1926 im ostpreußischen Lyck geboren, gestorben 2014 in Hamburg, zählt zu den bedeutendsten und meistgelesenen Schriftstellern der deutschsprachigen Nachkriegs- und Gegenwartsliteratur. Seit seinem Debütroman *Es waren Habichte in der Luft* von 1951 veröffentlichte er alle seine Romane, Erzählungen, Essays und Bühnenwerke im Hoffmann und Campe Verlag. Für seine Bücher wurde er mit vielen wichtigen Preisen ausgezeichnet, u. a. mit dem Goethepreis der Stadt Frankfurt am Main, dem Friedenspreis des Deutschen Buchhandels und mit dem Lew-Kopelew-Preis für Frieden und Menschenrechte.

Jacky Gleich ist in der DDR aufgewachsen und hat an der Filmhochschule Babelsberg und in Dresden studiert. Sie hat mehr als achtzig Bücher für Kinder und Erwachsene illustriert und dafür zahlreiche Auszeichnungen im In- und Ausland erhalten, darunter den Deutschen Jugendliteraturpreis, den Gustav Heinemann Friedenspreis und das Diplom »Die schönsten Bücher der Welt«. Sie lebt mit ihrem Freund auf einem alten Demeter-Bauernhof im schweizerischen Jura.

Der Text folgt: Siegfried Lenz, *So zärtlich war Suleyken*, Hamburg, Hoffmann und Campe Verlag, 1955, S. 31–39.

1. Auflage 2022
Copyright für diese Ausgabe
© 2022 Hoffmann und Campe Verlag, Hamburg
www.hoffmann-und-campe.de
Text: Siegfried Lenz
Illustrationen: Jacky Gleich
Umschlaggestaltung: © Hoffmann und Campe
Umschlagillustration: Jacky Gleich
Gesetzt aus der Minion Pro
Druck und Bindung: Livonia Print, Riga
Printed in Latvia
ISBN 978-3-455-01331-3

Hoffmann und Campe

Ein Unternehmen der
GANSKE VERLAGSGRUPPE